1914 Mars 21

85 | Chambre des Commissaires-Priseurs
Envoi à la Bibliothèque Nationale.

AF452610

COLLECTION DE MADAME X.

OBJETS D'ART ET D'AMEUBLEMENT

AQUARELLES ET DESSINS

Armes, Ferronnerie, Sculptures

ÉTOFFES, TAPISSERIES

PARIS, LE 21 MARS 1914

CATALOGUE

DES

Objets d'Art et d'Ameublement

AQUARELLES ET DESSINS

PAR :

BELLANGÉ, DAUMIER, DETAILLE, LEWIS-BROWN, PÉQUEGNOT, VILLOT, ZIEM

PORCELAINES ET FAIENCES

PARIS, CHINE, PERSE, ETC.

Belle plaque en ancienne faïence de Delft

CUIVRE, BRONZE, MÉTAL, SCULPTURES

Armes, Landiers, Ferronnerie, Objets variés

ÉTOFFES, TAPISSERIES

ET DONT LA VENTE AUX ENCHÈRES PUBLIQUES AURA LIEU

HOTEL DROUOT, SALLE N° 10
LE SAMEDI 21 MARS 1914

A deux heures

COMMISSAIRE-PRISEUR	EXPERT
Me CHARLES DUBOURG	M. GEORGES GUILLAUME
8, rue d'Alger	13, rue d'Aumale

EXPOSITION PUBLIQUE
Le Vendredi 20 Mars 1914, de deux heures à six heures

CONDITIONS DE LA VENTE

Elle sera faite au comptant.

Les adjudicataires paieront *dix pour cent* en sus des enchères.

Paris. — Imp. de l'Art, Ch. Berger, 41, rue de la Victoire.

DÉSIGNATION

AQUARELLES, DESSINS

LITHOGRAPHIES

BELLANGÉ (Hippolyte)

1 — *Paysan à cheval.*

Dessin à la sépia.

BOILLY (D'après)

2 — *Scène des boulevards.*

Lithographie en noir.

DAUMIER

3 — *Figures.*

Esquisse au lavis d'encre de Chine.

DAUMIER

4 — *Scènes satiriques.*

Lot de lithographies et de gravures provenant du *Charivari.*

DETAILLE

5 — *Grenadier du Premier Empire.*
Dessin à la sépia.

ISABEY (D'après)

6 — *L'Écu de France.*
Lithographie en noir.

LEWIS-BROWN (JOHN)

7 — *Les Éclaireurs.*
Aquarelle.

LEWIS-BROWN (Attribué à JOHN)

8 — *Chevaux de courses.*
Petite aquarelle.

PÉQUEGNOT

9 — *Les Funambules.*
Suite de quatorze aquarelles.

VILLOT

10 à 12 — *Figures et scènes de genre.*
Six aquarelles gouachées, d'après ISABEY.

ZIEM

13 — *Venise.*
Aquarelle.

PORCELAINES ET FAIENCES

14 — Paire de vases en porcelaine de Paris, à
décors gros bleu et dorures; anse à col de
cygne. Époque Empire.

15 — Service, mêmes porcelaine et époque, à
losanges fleuris réservés sur fond bleu à
dorures et comprenant : une cafetière, un
bol, quatre tasses et leurs soucoupes.

16 — Bol en porcelaine de Paris, à décors de
volatiles et fleurs. Époque Restauration.

17 — Deux compotiers en ancienne porcelaine
de Chine, décorés au fond de personnages,
pagodes et buissons fleuris; marlis bleus
à feuillage.

18 — Assiette octogonale en porcelaine de Chine,
à décors polychromes de rocailles et de fleurs.
Époque Kien-lung.

19 — Autre, à décors de personnages en bleu.

20 — Six assiettes à bords lobés en porcelaine
de Chine, à petits personnages, paravents et
décors bleus à feuillage.

21 — Soucoupe en porcelaine de Chine, à dragon et personnages.

22 — Quatre assiettes en ancienne porcelaine du Japon polychrome et dorée, décors à paysages accidentés.

23 — Belle plaque, à bords mouvementés, en ancienne faïence polychrome de Delft, présentant des personnages parmi des meubles, vases fleuris, arbustes, oiseaux perchés et rocailles, dans un entourage de rinceaux et feuillage.

24 — Deux plaques de revêtement en ancienne faïence de Rhodes, à décors fleuris.

25 — Cinq étoiles, de dimensions variées, en ancienne faïence persane, à décors d'animaux, fleurs et motifs rayonnants.

CUIVRE, BRONZE, MÉTAL

SCULPTURES, ARMES

LANDIERS, FERRONNERIE

OBJETS VARIÉS

26 — Épée à longue lame effilée, gravée d'une inscription, pommeau à coquille mouvementée et ajourée.

27 — Autre à longue lame plate, également gravée ; large coquille en fer forgé et pommeau à cannelure.

28 — Épée à longue lame ; pommeau à coquille de fer forgé, présentant des mascarons sur les deux faces.

29 — Épée à large lame plate, poignée en fer forgé revêtu de cuir ; elle porte en gravure l'inscription : *Lessus*.

3o — Autre à poignée de fer forgé et pommeau olive ; lame ajourée et gravée à la partie supérieure.

3 1 — Épée à lame plate, portant l'inscription :
Pietro; poignée à torsades et pomme de
pin.

3 2 — Autre à coquille en fer forgé et pomme de
pin ; lame gravée d'un monogramme.

33 — Épée à longue lame plate ; pommeau
arrondi et cannelé.

3 4 — Épée à longue lame plate, gravée de fleurs
de lys ; pommeau-olive et poignée en forme
de croix.

35 — Autre du même genre à pommeau-olive
et lame gravée.

36 — Épée à lame plate, poignée à coquille
cannelée.

3 7 — Autre à lame effilée, poignée à long quillon
et coquille ajourée.

38 — Épée à pommeau ovoïde et lame gravée ;
quillon et coquille imitant la vannerie.

3 9 — Deux sabres, à poignées formées de coquilles ajourées.

40 — Fer de hallebarde à base cannelée.

41 — Paire de chenets en bronz e ciselé; modèle
à vase de flammes enguirlandé.

42 — Paire de grands landiers en bronze ciselé,
à mascarons, mufles de lion et pieds-griffes;
la tige centrale, en forme de balustre, sou-
tient une pomme surmontée d'un vase. Époque Renaissance.

43 — Paire de landiers en fer forgé et vernî,
surmontés de pommes en cuivre avec d'autres plus petites à la face antérieure; ils po-
sent sur motifs à volutes. xvie siècle.

44 — Autre paire de landiers du même genre, à
tiges-torsades, posant sur un arceau. xve
siècle.

45 — Paire de grands landiers en fer forgé, à
moulures, surmontés de pommeaux en
bronze, cannelés et gainés de feuillage.

46 — Autre plus petite, à pommeaux ovoïdes,
surmontés de trois mascarons.

47 — Ancienne grille de tabernacle en fer forgé,
à losanges mouvementés; serrure à sala-
mandre.

48 -- Ancienne grille en fer forgé, présentant
des motifs à volutes (revernis et dorés à la
face antérieure.)

49 — Trois serrures en fer forgé et cuivre ajouré.
Époque gothique.

50 — Ancien soufflet appliqué de fer forgé, à
mascarons et feuillages.

51 — Deux marteaux de porte en fer forgé, à
mascarons. Époque Renaissance.

52 — Croix processionnelle en cuivre repoussé
avec étoiles et ornements en émail cloisonné.
Elle présente la figure du Christ entouré des
quatre évangélistes. Époque Renaissance.

53 — Ancien plat en cuivre repoussé, décoré au
centre d'un motif rayonnant.

54 — Deux bénitiers en cuivre repoussé, formant coquilles.

55 — Vasque en ancienne dinanderie, à trois
pieds-boules.

56 — Ancienne bassinoire en cuivre repoussé, à
ceinture de godrons et couvercle ajouré de
fleurs de lys.

57 — Lampe de mosquée en cuivre ajouré, présentant des animaux et des fleurs.

58 — Deux appliques démontées en bronze partiellement argenté, à une lumière. Époque Louis XIV.

59 — Deux paires de cariatides de femmes en bronze, dont une formant applique.

60 — Quatre baguettes d'encadrement en bronze ciselé à coquilles.

61 — Lot de six cadrans d'horloges en cuivre et bronze ciselé et partiellement émaillés.

62 — Sept pièces en cuivre repoussé et ajouré et étain : coupe, couvercles, cloche, motifs d'appliques.

63 — Onze pièces en bronze ciselé ou cuivre ajouré, pour garnitures de meubles : cariatides, mascarons, profils, volutes, etc.

64 — Quatorze motifs d'applique, formant ornements d'horloges, en bronze ciselé et ajouré, certains présentant des cariatides et des sphinx, d'autres des figures du Temps.

65 — Environ trente-cinq pièces en cuivre et bronze : pommeaux, motifs d'appliques, flambeaux incomplets, couvercles, mascarons, etc.

66-67 — Lot important de fer forgé : grilles, chaînes, tringles, motifs de suspension, etc. (Sera divisé.)

68 — Sculpture rectangulaire en marbre de l'École italienne, présentant en bas-relief saint Jérôme aux pieds du Christ. Cadre mouluré à colonnes et voussures.

69 — Console d'applique en bois naturel sculpté, à coquilles et feuillage. En partie d'époque Régence.

70 — Neuf boutons formés de petites gouaches circulaires, présentant des sujets en grisaille : Nudités. Époque Directoire.

ÉTOFFES, TAPISSERIES

71 — Large bandeau Renaissance en broderie d'or, d'argent et de soie de couleur sur fond de velours rouge et présentant des vases fleuris dans des encadrements séparés par des pilastres.

72 — Environ dix mètres d'ancien velours de soie rouge à trames jaunes, en plusieurs coupons.

73 — Dessus de siège en ancienne tapisserie au petit point à pavots et feuillage sur fond crème.

74 — Dessus de siège en ancienne tapisserie de Beauvais, à décors de collines boisées sur fond clair avec entourage de fleurs d'un vigoureux coloris.

75 — Petit panneau en tapisserie, d'époque Renaissance, présentant une figure allégorique sous un portique à cariatides et sur fond de paysage et de fleurs.

Haut., 60 cent.; larg., 72 cent.

76 — Autre de même époque, présentant des personnages en promenade dans un parc.

Haut., 65 cent.; larg., 60 cent.

77 — Tapisserie, présentant dans un paysage verdoyant et accidenté, traversé par un cours d'eau, le départ de deux personnages pour la chasse au faucon; à droite et sur un monticule, une chaumière parmi des arbres. Flandres, commencement du XVIIIe siècle.

Haut., 2 m. 20 cent.; larg., 2 m. 50 cent.

78 — Objets omis.

www.ingramcontent.com/pod-product-compliance
Lightning Source LLC
LaVergne TN
LVHW012201170726
843503LV00009B/4320